J. J. BENÍTEZ
JESÚS DE NAZARET
NADA ES LO QUE PARECE

Planeta

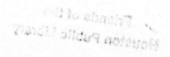

Obra editada en colaboración con Editorial Planeta - España

Imágenes del interior: archivo personal del autor

© 2012, J. J. Benítez
© 2012, Editorial Planeta, S.A. – Barcelona, España

Derechos reservados

© 2012, Editorial Planeta Mexicana, S.A. de C.V.
Bajo el sello editorial PLANETA M.R.
Avenida Presidente Masarik núm. 111, 2o. piso
Colonia Chapultepec Morales
C.P. 11570 México, D.F.
www.editorialplaneta.com.mx

Primera edición impresa en España: noviembre de 2012
ISBN: 978-84-08-01392-1

Primera edición impresa en México: noviembre de 2012
ISBN: 978-607-07-1462-7

Impreso en los talleres de Litográfica Ingramex, S.A. de C.V.
Centeno núm. 162, colonia Granjas Esmeralda, México, D.F.
Impreso en México – *Printed in Mexico*

Al Moli, mi penúltimo amigo

¡ATRÉVASE!

¿Quién es Jesús de Nazaret para usted?

Sinceramente, no puedo calcular cuántas veces me han formulado esa pregunta en los últimos veinte años...

Todo empezó en 1979, con la publicación de un querido libro: *El enviado*. Allí, por primera vez, me desnudaba en público, confesando mi admiración por este increíble personaje. Pero no siempre fue así...

Aunque fui bautizado y educado en la fe católica, hacia 1966, lenta y progresivamente, sin brusquedades, me vi apartado de casi todo en lo que había creído. Y digo bien: algo o alguien sutil e invisible fue congelando mis creencias y me vi alejado de la iglesia católica. Supongo que así estaba escrito. Sin duda era lo mejor. Había que partir de cero para intentar el reencuentro con el Hijo del Hombre. Y mágicamente, con los años, Él se hizo presente. ¡Y de qué forma!

Hoy, tras dedicar la mitad de mi vida a la investigación y el estudio de este formidable y admirado Hombre-Dios, creo que estoy en condiciones de responder a esa y a otras preguntas similares. Preguntas

—a cientos— que se han ido acumulando en mis archivos y que resucitaré en el presente trabajo. Obviamente me he visto obligado a seleccionarlas. Pero entiendo que las cuestiones elegidas son tan atractivas como generales.

Ni que decir tiene que no es mi intención lastimar a nadie. Naturalmente, no tengo la verdad. Sólo deseo exponer lo que me dicta el corazón y lo que he podido descubrir en estos largos años de continuas pesquisas y serena reflexión. Como he repetido muchas veces, si sus principios religiosos se encuentran definitivamente cristalizados, por favor, evite este libro. No caiga en la tentación de leerlo. Sólo añadirá confusión a la confusión. Por el contrario, si es usted una persona que duda, si sólo ha hallado insatisfacción en lo que predican las iglesias, entonces, ¡adelante! ¡Atrévase! Examine esta nueva visión de Jesús de Nazaret y filtre. Juzgue por sí mismo. Él hará el resto...

J. J. Benítez

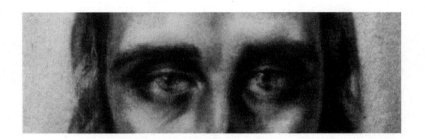

1

El asunto de la virginidad de María me tiene confuso. Los teólogos dicen que si Jesús hubiera sido concebido por obra de varón, entonces no sería Dios. ¿Qué opina?

JOSÉ AGUILAR SPINETTA

Con todos mis respetos para los que creen en la virginidad de la Señora, ¿qué tiene que ver la divinidad con la genética?

Para mí, Jesús de Nazaret fue concebido como cualquier otro ser humano. El gran Dios lo puede todo, lo sé, pero, sobre todo, es un Dios sensato. Una concepción «no humana» habría provocado problemas innecesarios. Según las rígidas leyes judías, si el embarazo de María hubiera sido realmente sobrenatural, su Hijo habría sido considerado «mamzer». Es decir, «bastardo». Eso significaba la vergüenza pública e, incluso, la posibilidad de muerte por lapidación de la madre. Con semejante mancha, el Maestro jamás hubiera podido trabajar y hablar en público. Sus enemigos no habrían desaprovechado la circunstancia...

Respecto a la divinidad —en la que creo—, estamos ante uno de los grandes misterios de su encarnación. Él fue hombre, sí, y también un Dios. Pero esta prerrogativa nada tiene que ver con su concepción. Ser Dios no depende de los genes. Ésa es una visión tan humana como errónea.

2

En sus libros asegura que la virginidad de María fue un «invento»
del siglo IV. ¿Por qué?

María Cervantes Ariza

Como en otros pasajes de la vida de Jesús, los que se refieren a la virginidad fueron, muy probablemente, interpolados en un absurdo afán de enaltecer la figura del Maestro. Si contempla la historia observará que la mayoría de los héroes nacieron —según la leyenda— de una virgen...

Esta pretensión chocó desde el principio con las estrictas leyes mosaicas y en el siglo IV, en efecto, un papa llamado Siricio (384-398) terminó fijando las bases para lo que, desde ese momento, se consideró una verdad intocable. El asunto, como puede imaginar, es tan delicado como complejo. Si desea más información le aconsejo que lea *Caballo de Troya 5. Cesarea*.

A mí, personalmente, estimada amiga, la supuesta virginidad de María me parece un tema secundario. Lo importante es la maternidad...

3

En alguna parte he leído que Jesucristo, de haber sido concebido
por obra del Espíritu Santo, habría sido niña. ¿He leído bien?

JULIÁN SEGNINI

Ha leído correctamente...

Según las leyes de la genética, para la concepción de un varón se precisa la presencia del cromosoma Y. Las mujeres, en cambio, reúnen los elementos XX. Si Jesús de Nazaret hubiera sido engendrado sin intervención de varón —siempre según las citadas leyes genéticas— obviamente no habría dispuesto del obligado par XY. En otras palabras: habría sido XX. Es decir, niña.

Naturalmente, Dios lo puede todo. Pero dígame: ¿cuándo ha alterado el buen Dios sus propias leyes?

4

¿Cree que María y José tuvieron relaciones sexuales?

EMMANUELA TORREJÓN

Por supuesto. María y José se casaron enamorados. ¿Por qué no iban a tenerlas? ¿Qué hay de malo o negativo en el amor?

Lo malo y negativo, querida amiga, surge cuando el hombre manipula los deseos y designios divinos. Han sido las iglesias y la historia quienes han desvirtuado la imagen de la Señora, convirtiéndola en una caricatura.

5

Usted menciona que María tuvo más hijos después de Jesús. No es eso lo que enseña la iglesia...

ÁNGEL SANTAMARÍA TOLEDO

Lo sé, y tropezamos de nuevo con el espinoso asunto de la virginidad. Si usted lee los Evangelios observará que allí también se habla de los «hermanos» del Maestro, aunque los exégetas y teólogos prefieren «desviar» el problema, afirmando que se trata de «primos» o «parientes». Si uno interpreta la encarnación del Hijo del Hombre como algo pleno, ¿por qué rechazar que pudiera vivir en una familia normal y corriente? ¿Por qué rasgarse las vestiduras ante la posibilidad de que hubiera tenido otros hermanos menores? ¿Es que un hecho así ensombrece su palabra o su divinidad?

Al contrario, estimado amigo. Al contrario...

6

¿José, el padre de Jesús, era joven o viejo?

Pedro Pablo Martínez Ojeda

Si hacemos caso de los llamados «Evangelios apócrifos», José era un anciano. Yo, personalmente, estoy convencido de que, al contraer matrimonio con la Señora, José era joven. Según mis noticias, podía tener alrededor de veinte años. María, por su parte, rondaría los trece o catorce. Es decir, más o menos la edad señalada por la Ley judía para desposarse.

7

¿Sabe usted si Jesús tenía ombligo?

ÁNGEL JAVIER ROJAS

Creo adivinar que su pregunta va con segundas...

Por supuesto, si el embarazo fue normal —y así lo parece—, lo lógico es que tuviera ombligo. Conozco algunas de las leyendas que circulan en torno a su nacimiento —en especial en los apócrifos— y entiendo que son pura fantasía. Jesús de Nazaret no llegó a la Tierra en una nave extraterrestre, ni apareció en una cueva de Belén..., «materializándose». La realidad, probablemente, fue más simple y hermosa. Sencillamente, se hizo hombre..., como cualquier hombre.

8

¿Podría sacarme de una duda? ¿Tenía Jesús algún hermano ge-melo?

ANTONIO FAJARDO ARCEGA

Lo dudo.

Si mis informaciones son correctas, Jesús de Nazaret tuvo más hermanos, pero ninguno gemelo. Éstos fueron sus nombres:

Santiago (nacido en la madrugada del 2 de abril del año –3)

Miriam (nacida en la noche del 11 de julio del año –2)

José (nacido en la mañana del 16 de marzo del año 1 de nuestra Era)

Simón (nacido en la noche del 14 de abril del año 2)

Marta (nacida el 15 de septiembre del año 3)

Jude (nacido el 24 de junio del año 5)

Amos (nacido en la noche del 9 de enero del año 7. El único fallecido en vida de Jesús)

Ruth (nacida en la noche del 13 de marzo del año 9. Hija póstuma. José murió el 25 de septiembre del año 8, cuando contaba alrededor de treinta y seis años)

9

Tengo entendido que usted celebra la Navidad el 21 de agosto. ¿Es cierto?

EFRÉN PADILLA

Correcto. Y le aseguro que tengo problemas para conseguir el turrón...

En realidad celebro dos «Navidades». La tradicional, en diciembre, y la que considero más que probable, en verano. ¿Por qué en esa fecha? Muy simple: porque el Maestro no nació en diciembre. En invierno, en la zona de Belén, la climatología es bastante adversa. Nadie saca sus rebaños durante la noche. Más aún: en la época de Jesús los caminantes evitaban los meses de lluvias. María y José, casi con seguridad, viajaron de Nazaret a Belén durante el verano.

Fue mucho después de la muerte del Maestro cuando la iglesia primitiva cambió la fiesta pagana al 24 y 25 de diciembre —dedicada al «sol invicto»—, estableciendo el nacimiento de Jesús en dichas fechas. En esos momentos, los días se alargan y las sociedades paganas festejaban la «victoria del sol».

En cuanto a lo del día 21, la información procede de una «buena fuente». La mejor...

10

¿Nació Jesús en el año cero de nuestra Era?

Francisco Jesús Lecuona

El año «cero», como tal, no existe. Del –1 se pasa (o deberíamos pasar) al 1 de nuestra Era. Fue un monje —Dionisio el Exiguo— quien cometió el error de ubicar el nacimiento de Jesús en el «cero». Desde entonces arrastramos un lamentable problema...

Está demostrado que el Maestro nació bajo el reinado de Herodes el Grande. Pues bien, el responsable de la matanza de los inocentes murió un 13 de marzo del año –4. Si tenemos en cuenta que Herodes mandó matar a los niños menores de dos años de edad eso nos sitúa en el –6 o, quizá, en el año –7. En otras palabras: Jesús de Nazaret tuvo que venir al mundo en esas fechas. Nunca en el «cero».

De haber establecido el nacimiento de Jesús correctamente —es decir, en el año –6 o –7—, hoy estaríamos en 2015-2016.

11

¿Por qué María y José huyeron a Egipto? ¿Por qué no a Roma o Grecia?

SALVADOR MARTÍN

Al parecer, José tenía parientes en Alejandría. Estaba claro que no podían permanecer en los dominios del rey Herodes. Tarde o temprano, los espías del odiado edomita los habrían localizado.

¿Roma? No creo que José llegara a contemplar esa posibilidad. En primer lugar, porque el viaje hasta la capital del Imperio era largo y costoso. Con buen tiempo se necesitaban unos dos meses de navegación. Y había otra no menos poderosa razón: no olvide que María era una nacionalista convencida. Deseaba ardientemente que su pueblo fuera liberado de la opresión romana. ¿Vivir con el invasor? Lo dudo...

Respecto a Grecia, la situación era más o menos parecida. Demasiado lejos..., y sin amigos ni parientes. La Señora, además, estaba obsesionada por la seguridad de Jesús, el Hijo de la Promesa. Egipto se hallaba relativamente próximo y allí podían encontrar un refugio seguro. La elección —creo yo— fue acertada.

12

En la película *María, madre de Dios*, o algo así, se cuenta que Jesús regresó de Egipto cuando tenía doce años. ¿Fue a esa edad?

Bernardino Castro Burdiez

He visto la película y le aseguro que está llena de errores. El que usted señala es uno de ellos. Según mis informaciones, la familia partió de Alejandría en el año –4, a los cuatro meses de la muerte de Herodes el Grande. Jesús tenía tres años. De hecho los cumplió en el barco que los trasladó hasta Joppa (Jafa). Su primer viaje por mar...

Desde allí, vía Lydda y Emmaūs, se dirigieron a Belén. Pero la inestable situación creada por Arquelao, el nuevo tetrarca de Judea e hijo de Herodes, los obligaría a salir de Belén. Y en octubre de ese año –4 se instalaron definitivamente en Nazaret.

13

¿Existe alguna relación entre el
faraón Akhenatón y Jesús?

Lucía Rosa Cadenaba

Aparentemente no...

Amenofis IV, título anterior al de Akhenatón, Ajnatón o Aknatón, fue un rey de la XVIII dinastía egipcia que vivió entre los años 1372 y 1354 antes de Cristo.

Y he dicho bien: «aparentemente». La verdad es que la religión y la filosofía implantadas por Akhenatón son extraordinariamente similares, en algunos aspectos, al mensaje de Jesús de Nazaret. Aquel faraón «hereje» creía en un único y benéfico Dios-Padre. E intentó acabar con la legión de dioses, en especial con el poderoso Amón. Pero el culto a Atón, el dios que velaba amorosamente por todas las criaturas, terminaría fracasando.

Curiosamente, esta revolución tiene lugar cien años antes, más o menos, de la aparición de Moisés. Y yo me pregunto: de haber fructificado las ideas religiosas de Akhenatón, ¿habrían sido los egipcios el pueblo elegido? ¿Habría nacido Jesús en Egipto? ¿Fue la «aventura» de Akhenatón un «ensayo general»?

14

¿Cuántos inocentes mató realmente Herodes?

RAFAEL SEGARRA COLLAZO

Nadie lo sabe con seguridad. Probablemente, muchos menos de los que imaginamos. Y le diré por qué. Al parecer, cuando Herodes el Grande decidió acabar con la vida de los niños de Belén y la comarca, la orden terminó filtrándose y llegó al pueblo antes que los soldados del rey. Esto evitó una matanza mucho mayor. Las familias, en definitiva, tuvieron tiempo de huir o esconder a sus bebés. Aun así, según mis noticias, unos dieciséis niños fueron sacrificados...

Zacarías, sacerdote y esposo de Isabel, prima lejana de María, tuvo mucho que ver con esta «filtración». En otras palabras: José no fue avisado en sueños de las intenciones del sanguinario Herodes. Eso fue otro «invento» de los evangelistas... El verdadero «ángel», como digo, fue Zacarías, que recibió la noticia de alguien muy cercano a Herodes.

15

¿Piensa usted que los Magos son
una leyenda?

DANIEL CÁCERES

No, no lo creo...

Los Magos existieron, aunque, una vez más, la historia se deformó con el paso del tiempo. Aquellos personajes fueron en realidad sacerdotes y astrólogos. Vivían en la ciudad caldea de Ur, muy cerca del actual golfo Pérsico. Al parecer, un misterioso «educador» religioso se presentó ante ellos y les hizo partícipes de un extraño sueño. En él se le anunció que «la luz de la vida» estaba a punto de nacer en forma de «niño» y entre los judíos. Los sacerdotes se pusieron en camino, rumbo a Jerusalén. Y fue allí, después de varias semanas de infructuosa búsqueda, donde tropezaron —aparentemente por «casualidad»— con otro célebre sacerdote: Zacarías, padre de Juan el Bautista. Él les informó de la existencia de Jesús, que en esos momentos podía tener un año de edad, aproximadamente. Los Magos acudieron a Belén y, posteriormente, fueron reclamados por Herodes (el rey tenía espías en todas partes). Pero los sacerdotes no se presentaron ante el rey. Transcurridos casi dos años, Herodes, indignado ante la inutilidad de sus espías y confidentes, tomó la decisión de todos conocida: acabar con la vida de los varones menores de dos años.

16

Dicen que los Magos están enterrados en la ciudad alemana de Colonia. ¿Es cierto? Y otra cuestión: ¿es verdad que uno de ellos era negro?

MARCELA CORTIJO DE SUÁREZ

Dudo mucho, querida amiga, que los restos de los Magos se encuentren en el famoso relicario de Nicolás de Verdún, situado en la no menos célebre catedral gótica de Colonia. Como otras muchas reliquias de la cristiandad, éstas sólo se sustentan en una leyenda más que dudosa... Para empezar, nadie conoce la verdadera identidad de aquellos sacerdotes caldeos, ni tampoco dónde fueron sepultados.

En cuanto al rey negro, se trata, al parecer, de una «interpretación» muy posterior y sin ninguna base histórica, aunque, obviamente, no podemos descartarla. Los mesopotámicos, en aquel tiempo, se hallaban muy mezclados, en especial las tribus beduinas de Arabia. Quizá no fuera negro, pero sí bastante «tostado»...

17

¿Qué fue lo que guió a los Magos?
¿Quizá un ovni?

EDUARDO AGUILAR

He dedicado un libro entero a esta interesante incógnita: *El ovni de Belén*. Y puedo asegurarle que, tras investigar el asunto muy a fondo, lo que es seguro es que no podía tratarse de un cometa, de un meteorito o de una conjunción planetaria, como defendía Kepler. Si la famosa estrella existió —así lo creo— tenía que ser «algo» controlado o dirigido inteligentemente. «Algo» que, además, guió a los sacerdotes de Ur durante el día (raras veces viajaban en la noche). «Algo» que terminó colocándose sobre la casa donde estaba el Niño. ¿Qué estrella, cometa o meteorito puede hacer algo así?

Conclusión: sólo podía tratarse de lo que hoy conocemos por «ovni». Pero la cuestión, como puede suponer, nos llevaría muy lejos...

18

¿Sabe usted si Jesús o su familia
volvieron a ver a los Magos?

Ana María Bilbao

No tenemos noticia de lo que plantea. En principio, lo más probable es que no. Los Magos regresaron a su tierra y jamás volvieron a entrevistarse con el Maestro. Es más: salvo lo que pudieron contarle sus padres, no creo que Jesús tuviera un recuerdo claro de aquella visita, en Belén. Era muy pequeño. Debía rondar el año de edad. De hecho, que yo sepa, jamás hizo mención de dichos personajes.

19

Una vez leí que Jesús hizo mila-
gros cuando era niño. ¿Qué opina?

Luz María Ochoa

Sí, yo también lo he leído. Concretamente en los Evangelios apócrifos. Ahí cuentan que, siendo niño, jugaba con barro. Modelaba pájaros y los echaba a volar...

Se trata de pura fantasía. Jesús de Nazaret fue un niño normal. Necesitó mucho tiempo para saber realmente quién era y cuál era su poder. Insisto: Él no fue consciente de su divinidad hasta casi los treinta y un años. Y era lógico que así fuera si deseaba vivir su encarnación de forma natural. Recuerde que Él vino a la Tierra, entre otras razones, para conocer de cerca la naturaleza humana.

20

¿De verdad se perdió Jesús en el
Templo? ¿No le parece raro...?

ERIC SALOMÓN RUIZ

¡Y tan raro!

En mi opinión, Jesús jamás estuvo perdido. Ni siquiera Lucas, el evangelista, habla de pérdida o extravío. Ha sido la iglesia la que, una vez más, ha deformado los hechos.

Jesús tenía casi trece años. Era la fiesta del «Bar Mizvá», la mayoría de edad ante la Ley. Y durante una semana, el joven Jesús se movió a sus anchas por Jerusalén. La conocía bien. En definitiva: sabía perfectamente dónde se encontraban sus padres y cuándo pensaban partir hacia Nazaret. Si se quedó en el Templo fue por otras razones. Y así se lo recordó a José y a María cuando, finalmente, dieron con Él.

Y le diré más: en esos tres días en los que, supuestamente, según la iglesia, permaneció «perdido», ¿cómo explicar que Jesús regresara cada atardecer a la casa de su amigo Lázaro, en Betania? ¿Estaba o no estaba perdido?

21

¿Podría decirme si el Jesús niño robaba nidos o tiraba piedras a los pájaros?

María Luisa García Sapiña

Por lo que sé, Jesús fue un muchacho que sentía un rechazo natural hacia toda forma de violencia. Esta actitud debió de costarle más de un disgusto, en especial con los compañeros de juego de Nazaret. Fue un líder indiscutible, pero jamás utilizó la fuerza. Jesús de Nazaret sólo combatía con la mirada...

22

¿Era Jesús un niño asustadizo?
¿Le daba miedo la oscuridad, por
ejemplo?

Lucas Antón Reinosa

No tengo ni idea, estimado amigo...

Pero supongo que, dado su carácter, no fue una persona asustadiza, como usted dice. A lo largo de su vida demostró una gran entereza. Primero con la muerte de José, su padre, cuando acababa de cumplir catorce años. Muy a su pesar tuvo que ocupar el puesto de cabeza de familia y sacar adelante a su madre y sus hermanos. Después, en la vida pública, lo demostró una y otra vez. Finalmente, ¿qué decir de su talante frente a las interminables horas de la Pasión y la Muerte? ¿Cree usted que un hombre asustadizo habría reaccionado como Él?

23

¿Padeció Jesús el sarampión y las otras enfermedades infantiles?

ÁNGELES DE LOS CIELOS CARMONA

Es más que probable.

Como he comentado muchas veces, Jesús de Nazaret fue un ser humano absolutamente normal y corriente (al margen de su divinidad, claro está).

En aquella época —y existe una amplia documentación al respecto—, los niños padecían las mismas enfermedades que en la actualidad, con una salvedad: los índices de mortandad eran muy elevados (alrededor del 50 por ciento). Es muy posible que, al margen de su fuerte y sana constitución física, el prolongado período de lactancia materna a que fue sometido (casi dos años) le permitiera afrontar los riesgos de las dolencias infantiles con un mayor margen de seguridad. De hecho no hay constancia de que el Maestro sufriera ningún tipo de enfermedad. Algo casi insólito en aquel tiempo.

24

¿Sufrió Jesús algún accidente durante la infancia? ¿Qué habría pasado si hubiera quedado tuerto o cojo?

ISABEL CULLERA RÍOS

Según mis «fuentes», en julio del año 1 de nuestra Era, cuando Jesús contaba seis años, fue a caer por una escalera adosada a uno de los muros exteriores de su casa, en Nazaret. Una súbita tormenta de arena lo cegó, y rodó por los peldaños de madera. Sólo sufrió algunas magulladuras.

Su pregunta, sin embargo, encierra un interesante enigma: ¿pudo evitarse ese accidente? ¿Tenía Jesús de Nazaret un ángel de la guarda?

Hoy, como afirmo en mi libro *Al fin libre*, estoy convencido de que «todo está escrito» en la vida de cada ser humano. Nada es casual. En consecuencia, si esto es así, «todo estaba escrito» en la encarnación del Hijo del Hombre. Y en los planes de la Providencia respecto a Jesús no figuraba que quedara tuerto o cojo... De hecho, así fue.

25

¿Cuál era la afición favorita del Jesús niño o adolescente?

Raúl Antonio de las Heras

Tengo noticias de varias pero, a decir verdad, creo que Jesús se entusiasmaba con todo lo que le rodeaba. Fue un muchacho de una curiosidad insaciable. Sus continuas y agudas preguntas fueron un auténtico calvario para José y María.

Respecto a su pregunta concreta, según mis «informantes», la pintura y la música ocuparon, sin duda, los primeros lugares. Y cuentan que su afán por el dibujo lo colocó en una delicada situación frente a las autoridades religiosas de Nazaret. A los nueve años se atrevió a dibujar en el piso de la escuela el rostro de un profesor. Aquello fue un escándalo. La Ley judía prohibía la representación de imágenes y el joven Jesús se vio obligado a pedir perdón. Desde entonces sólo pintó a escondidas. Más adelante, cuando tomó conciencia de su divinidad, Él mismo destruyó cuanto había pintado.

También la música lo acompañó durante toda su existencia. En su juventud construyó una especie de «arpa» que, posteriormente, acosado por las deudas, tuvo que vender.

¿Y qué decir de sus paseos por las colinas próximas a Nazaret? ¿Cómo describir su entusiasmo por el firmamento, por los animales, por la pesca o por los viajes?

La relación, como ve, sería interminable.

26

¿Por qué los evangelistas no cuentan detalles de la infancia y juventud de Jesús? ¿Cuándo empezó a hablar? ¿Le gustaba cantar? ¿Tenía una banda? ¿Le gustaban las niñas? ¿Fue un niño feliz? ¿Conoció la nieve?

HENRY HERMIDA FAILLA

Supongo que los escritores sagrados consideraron más importante la narración de su vida pública. Grave error, por supuesto. Para entender a cualquier ser humano —y no digamos al Hijo del Hombre— es fundamental disponer del máximo de información, incluidas la infancia y la juventud. Sólo así, con una panorámica completa, tenemos la oportunidad de aproximarnos —sólo aproximarnos— al pensamiento y al por qué de las obras de una persona.

¿Cuándo empezó a hablar? Probablemente al año, como casi todos los niños.

Sí, le gustaba cantar. Y, al parecer, lo hacía muy bien.

En Nazaret, como todos los muchachos, participaba en infinidad de juegos. Pero nunca fue el «jefe» de una banda. Es más: a partir de los diez años se volvió solitario y taciturno. «Algo» se removía ya en su corazón...

Imagino que como cualquier adolescente se sintió atraído por las muchachas. Era lógico y natural.

En líneas generales creo que sí, que la infancia de Jesús de Nazaret fue un período feliz. Disfrutó de un hogar, de unos padres entregados y amorosos, de unos hermanos y de un vecindario igualmente amable y servicial. Nazaret, en aquel tiempo, era una aldea muy pequeña, con apenas doscientos habitantes. Se conocían todos...

Según mis noticias, Jesús vio la nieve por primera vez en el mes de *shebat* (enero-febrero) del año 1 de nuestra Era, con seis años de edad. Fue una de las mayores sorpresas de su corta vida...

27

¿Pudo enamorarse Jesús? En caso afirmativo, ¿de quién?

Dulce Nombre Brines

En el sentido en que usted lo expresa, lo dudo. Aunque Él, probablemente, no supo quién era hasta los treinta y un años, desde muy joven intuyó que el fin de su existencia era otro. A los diez u once años se empeñaba ya en hablar de tú a tú con Ab-bā, el Padre Celestial. Y su corazón se vio «impulsado» en otra dirección...

Hubo alguien, sí, que se enamoró de Él. Se llamaba Rebeca y era hija de un comerciante de Nazaret. Jesús lo supo y tuvo el valor y la honradez de conversar con ella y con su familia, y aclararles cuál era su Destino. Rebeca jamás se casó. Siguió enamorada del Maestro. Fue una de las mujeres que permaneció al pie de la cruz...

28

¿Por qué se escondió en Nazaret durante tantos años?

ANA ZAPICO

No estoy de acuerdo con el término «esconderse». Jesús de Nazaret jamás se ocultó. Los mal llamados «años ocultos» son una interpretación errónea de las iglesias, provocada en buena medida por la falta de datos evangélicos. Pero el hecho de que no se disponga de información no quiere decir que el Maestro se escondiera...

Jesús vivió en Nazaret hasta los veintiséis años porque ése fue el plan de la Providencia. Durante ese tiempo vivió y experimentó cuanto debe saber y sentir un ser humano: el amor familiar, la dureza del trabajo, el dolor por la muerte de los seres queridos, el descubrimiento de otros hombres, de otras razas y culturas, las penurias económicas, etc.

Además, durante esa época, Jesús abandonó su aldea en diferentes ocasiones. Y viajó por Palestina y otras regiones próximas...

29

¿Viajó? Dicen que Jesús llegó a
Cachemira y allí murió de viejo...

PABLO DAVID BRENES

Según mis informaciones lo hizo..., e intensamente. Jesús de Nazaret era un hombre extraordinariamente curioso. Le fascinaba viajar. Entre los veintisiete y los treinta y un años —un período ignorado por los evangelistas—, el Maestro, al parecer, recorrió buena parte de la cuenca mediterránea, aunque jamás se identificó como el Hijo del Hombre. No había llegado su hora...

Y visitó Roma, Atenas, Chipre, Cartago, Alejandría, Malta, Creta, Corinto, Éfeso, Antioquía, Ur, Damasco y la zona sur del mar Caspio.

Creo que jamás pisó Cachemira. Todo lo referente a su estancia y muerte en dicho lugar es pura leyenda...

30

¿Quién le enseñó? ¿Tuvo Jesús algún maestro?

LUIS JORGE DEVESA

Entiendo que aprendió de cuantos le rodearon. Se interesó por todas las corrientes filosóficas de la época. Supo de las grandes religiones y, muy posiblemente, a lo largo de sus viajes, escuchó a los hombres más sabios e influyentes. Pero Él no necesitaba de maestros. Él, al tomar conciencia de su naturaleza divina, al «tomar posesión» —digámoslo así— de su divinidad, supo muy bien cuál era su trabajo y su misión en lo que le quedaba de vida. Dios no precisa de maestros, estimado amigo...

31

Dicen que Jesús era un esenio y que aprendió de ellos...

CLARA GUTIÉRREZ

No lo creo.

Se ha escrito mucho, ciertamente, sobre la posibilidad de que el Maestro formara parte de la citada secta. Su filosofía, su forma de vida y sus obras, en cambio, no tienen nada que ver con las costumbres y los pensamientos de los mencionados esenios. Cuando estudias en profundidad a la comunidad de Qumrán, en el mar Muerto, comprendes de inmediato que las diferencias entre ambos eran enormes. Por ejemplo: ¿sabía usted que los esenios no aceptaban en sus comunidades a extranjeros, enfermos y lisiados? Jesús, por el contrario, compartió su vida con toda suerte de gentes. ¿Sabía usted que en Qumrán se exigían hasta dos años de prueba para poder acceder a la comunidad? El Maestro jamás actuó así...

Según mis estudios, entre Jesús de Nazaret y los esenios existieron más de treinta grandes diferencias.

Otra cuestión, naturalmente, es que se conocieran entre sí. Jesús, por supuesto, supo de ellos. Y tuvo amigos entre los esenios. A su vez, con toda probabilidad, la secta recibió información sobre las enseñanzas y los prodigios del Galileo. Y le diré más: estoy convencido de que, algún día, se descubrirá un escrito esenio en el que, para sorpresa de muchos, aparecerá parte de la vida del Maestro. Tiempo al tiempo...

32

¿En verdad fue un simple carpintero?

Antonio Gascó Naves

Empezó como carpintero, así es, pero Jesús desempeñó muchos otros oficios. Sabía hilar. Trabajó en el campo. Fue un excelente pescador. Y también leñador. Se destacó como hábil constructor de barcos en los astilleros del mar de Tiberíades. Vivió en Séforis —capital de la baja Galilea— la dura experiencia de la fragua. Tuvo un almacén de aprovisionamiento de caravanas. Fue un experto guía. Dominó el arte de la ebanistería. Era cocinero...

En fin, como puede ver, todo un «manitas»...

Por no hablar de sus cualidades como orador y educador...

33

He oído decir que Jesús era analfabeto. ¿Qué sabe al respecto?

María de la Cruz Garnica

Falso, estimada amiga. Falso...

Jesús leía las Sagradas Escrituras en la sinagoga. En aquel tiempo, además, la enseñanza era obligatoria. Se aprendía a leer y escribir desde muy temprana edad. En este asunto, Jesús de Nazaret fue también un hombre privilegiado. Sus padres comprendieron desde el principio la importancia de los idiomas y Jesús dominó desde joven la *koiné*, el griego «internacional» (una especie de «inglés» hablado en todo el Mediterráneo). Además, obviamente, conocía el arameo galilaico, su lengua natal, el hebreo y, muy posiblemente, el latín y otros dialectos de las regiones próximas.

El hecho de que no dejara escritos nada tiene que ver con la hipótesis de que fuera analfabeto.

34

¿Cuándo escribió el Padrenuestro?

FERNANDO LAZZARO

Al parecer, cuando tenía quince años. Y no lo escribió: lo pintó.

Según mis «fuentes» utilizó una pequeña tablilla de cedro. Y durante un tiempo permaneció colgada en la casa de Nazaret.

Años después —de esto no estoy seguro— la destruyó, al igual que el resto de sus dibujos y escritos de juventud.

Por cierto, el texto original del Padrenuestro no era igual al que hoy conocemos...

35

¿Cuándo supo Jesús que era Dios?

Emma Perdomo

Como he mencionado en otras ocasiones, el gran misterio del «reencuentro» con su naturaleza divina pudo suceder en el verano del año 25 de nuestra Era. Jesús de Nazaret tenía treinta y un años. Y tal y como narro en *Caballo de Troya 6. Hermón*, el gran suceso tuvo lugar en la soledad de esta montaña santa: Hermón, en la actual frontera entre Israel y el Líbano.

Seguramente fue uno de los momentos más trascendentales en la vida del Maestro. Allí, al fin, se despejaron sus tormentosas dudas.

Poco después, en enero del año 26, al sumergirse en las aguas de uno de los afluentes del Jordán, Jesús se convirtió —de manera oficial— en un Hombre-Dios.

Los evangelistas no se enteraron —o no quisieron enterarse— de lo acaecido en aquellos bellos parajes. Si lee atentamente los Evangelios comprobará que ninguno de los escritores sagrados define con puntualidad dónde o cuándo se produjo ese extraordinario momento. El fenómeno del «reencuentro» con la divinidad queda difuminado, como si el Galileo hubiera tenido conciencia de dicha divinidad desde siempre.

Una lástima, sí...

36

No consigo comprender cómo Jesús podía ser hombre y Dios al mismo tiempo...

Javier Fernández Bull

Ni usted ni nadie, estimado amigo...

Estamos, sin duda, ante uno de los grandes enigmas de su encarnación. Sencillamente, no tengo palabras. No sé... Pero lo que dijo y lo que hizo sólo tienen explicación si aceptamos que, junto a la naturaleza humana, «vivía» una naturaleza divina. Una «parte» (?) divina que «llegó» (?) de pronto (?) y que terminó transformándolo... Y con esa naturaleza divina «apareció» (?) también algo vital: su prodigiosa e inmensa memoria como Creador. Fue en el Hermón, y en el río Artal, donde un Dios «bajó» a la Tierra.

37

¿Cree usted que Jesús lo pasó mal
antes de saber quién era?

David Martínez

Creo que sí, que lo pasó francamente mal. Hasta el gran suceso en el Hermón, el Maestro sólo intuía, sospechaba, pero no podía estar seguro. Esos largos años de dudas e incertidumbre fueron, a mi entender, los más difíciles. El instinto lo empujaba en una dirección, chocando, irremisiblemente, con su familia, sus amigos y con las estrictas leyes mosaicas. Es una lástima que nadie nos haya informado de esos años auténticamente «negros» en la vida de Jesús. Imagino que su confusión, dolor y ansiedad tuvieron que ser terroríficos. Pero así estaba programado —seguramente por Él mismo y antes de la encarnación—, con el fin de que su experiencia en la carne fuera lo más pura y objetiva posible.

Por eso creo que, al saber definitivamente quién era en verdad, al «reencontrarse» con su naturaleza divina, Jesús de Nazaret vivió uno de los momentos más felices e intensos de su vida en el tiempo y en el espacio.

38

Al saber quién era, ¿qué hizo con Yavé?

SATCHA BENÍTEZ FORNIÉS

Jesús fue siempre respetuoso con el Dios de los judíos. Jamás atacó a Yavé. Se limitó, eso sí, a «cambiarle la cara».

Jesús predicó un Dios-Padre. Un Dios de amor, no un juez castigador y vengativo.

Jesús «lavó» la imagen de Yavé, haciéndolo más amigo, más cercano...

Jesús suavizó la mano de hierro de Yavé, anunciando la igualdad entre los seres humanos: ricos y pobres, judíos y paganos, esclavos y hombres libres...

En definitiva, Jesús pasó página en la historia de Yavé...

39

En sus libros, usted asegura que Jesús era un «gigante». ¿A qué se refiere?

LEOPOLDO BENAVIDES

A su estatura.

Comprendo que, quizá, el término es algo exagerado, pero no cabe duda de que su talla (alrededor de 1,81 metros) le hacía sobresalir entre el resto de los judíos de la época. Tenga en cuenta que, hace dos mil años, la estatura media de los judíos varones rondaba el 1,62 o el 1,63 metros. Las mujeres tenían una talla algo menor.

Jesús de Nazaret, por tanto, era una excepción que destacaba de inmediato entre las multitudes. Como ve, la Providencia fue cuidadosa hasta en eso...

40

¿Era Jesús tan guapo como dicen
y como lo pintan?

GRACIELA MATAMOROS

Como usted sabe muy bien, la belleza es relativa...

Por lo que sé, el Maestro debió de ser todo un ejemplar humano. Alto. Atlético. Sin defectos físicos. Frente alta y despejada. Nariz típicamente judía (ligeramente aguileña). Labios finos. Piel bronceada. Cabellos acastañados. Ojos color miel. Barba corta y partida en dos. Piernas de corredor de maratón. Manos largas. Hombros fornidos. Anchas espaldas. Sin un gramo de grasa...

En fin, ¡qué puedo decirle! Yo soy un incondicional y un rendido admirador del Maestro. Quizá mi opinión no sea muy objetiva. ¿O sí?

41

¿Llevaba el pelo corto o largo? En un libro he visto que podía tener coleta...

FABIOLA NOGUERA

Sí, en efecto. Eso se deduce de las investigaciones lle-
vadas a cabo sobre la Sábana Santa de Turín. Quizá
en el momento del enterramiento tenía el cabello re-
cogido en una especie de «cola». En aquella época,
según mis informaciones, los judíos solían dejarse el
pelo largo. Y a veces, en especial cuando trabajaban o
emprendían un viaje, gustaban de sujetarlo con una
cinta o, como le digo, en una «cola». Era una cuestión práctica.

42

¿Jesús era zurdo o diestro?

BELÉN DEL MAR MASAYA

Presumiblemente, zurdo. Se trata, naturalmente, de una deducción lógica. Los judíos escribían de derecha a izquierda. En consecuencia, la mayor parte de la población tenía que ser más hábil con la mano izquierda que con la derecha. En la imagen que aparece en la Sábana Santa de Turín disponemos también de otro detalle que parece confirmar esta sospecha: el golpe dado por uno de los esbirros del sumo sacerdote —que afectó a la nariz y parte del rostro— fue provocado por un bastón, manejado con la mano izquierda.

43

¿Jesús se duchaba o se bañaba?
¿Y cada cuánto lo hacía?

LUIS MARÍA CALVENTE

La ducha, aunque existía en la época de Jesús —en especial entre las clases adineradas de Grecia y Roma—, no era un sistema de aseo entre los judíos. Lo habitual era el baño. Hay toda una rica disposición religiosa al respecto.

El cuándo era más complejo. Dependía de las posibilidades. Según la Ley judía, todos debían practicar un aseo mínimo dos y hasta tres veces por día. Ese aseo comprendía, fundamentalmente, manos y pies. Para los muy ortodoxos, el ritual del baño completo era obligado una vez por semana, siempre antes del sábado.

En el caso de Jesús, teniendo en cuenta sus continuas y largas caminatas, lo más probable es que el baño fuera casi diario.

44

¿Sudaba? ¿Usaba algún perfume?

LINDA AUBECK

Naturalmente que sudaba, querida y curiosa amiga...

En la llamada «oración del huerto de Getsemaní» tiene usted una prueba. La angustia —quién sabe si el miedo— provocó en Él un fenómeno que la medicina denomina «hematidrosis». Es decir, un sudor sanguinolento, provocado por la rotura de los pequeños vasos capilares.

En cuanto a lo del perfume, no le quepa duda. En aquel tiempo existía todo un arte en lo que a esencias se refiere. Las clases pudientes manejaban toda suerte de «colonias». Con ellas se bañaban, literalmente. El pueblo sencillo también las utilizaba, pero lo normal era hacer uso de dichos perfumes de una forma más discreta. Tras el baño solían empaparse los cabellos con aceites olorosos o colgarse del cuello, en pequeños saquitos, unas diminutas bolas de mirra o áloe que desprendían un delicioso aroma. En ocasiones especiales, los pobres también echaban mano de «colonias» caras. Recuerde, por ejemplo, el costoso nardo que fue vertido sobre Jesús por una de sus seguidoras... Le recomiendo, en fin, que lea los *Caballo de Troya*...

45

Supongo que a Jesús le crecían
las uñas, como a todo el mundo.
¿Cómo se las cortaba?

ÁLVARO COBO ABAD

Estimado amigo, el hecho de haber vivido hace dos mil años no significa que fueran cavernícolas... Tenemos, en general, un concepto muy equivocado sobre el «primitivismo». ¿Sabía usted que en aquel tiempo ya se usaban los taxímetros? ¿Y que existían profesionales del buceo? ¿Sabía que en muchas casas se utilizaba la calefacción por «suelo radiante»? ¿Está informado de las operaciones quirúrgicas que practicaban los egipcios y mesopotámicos? ¿Sabía que los pueblos orientales exportaban el acero y sorprendentes lanzas y puntas de flecha fabricadas con bronce y aluminio?

No le extrañe, pues, que dispusieran de toda clase de herramientas para el aseo personal. Desde limas pequeñas hasta dagas curvas, especialmente destinadas al corte de uñas y pelo. Y Jesús, como el resto del pueblo, tenía acceso a ellas.

46

En alguna parte he leído que Jesús era cojo. ¿Qué puede decirme
al respecto?

LEONOR RIVADAVIA

Se trata de una información equivocada. Ésa fue una leyenda que circuló, sobre todo, entre la iglesia ortodoxa. En las cruces que rematan el Kremlin (catedral del arcángel Miguel), y también en las cruces rusas de Jerusalén, habrá observado que, en la parte inferior, fueron colocados unos tramos oblicuos. Pues bien, eso obedece a la creencia de que Jesús, en efecto, era cojo. Y lo hicieron por respeto. En el Talmud, incluso, se hace una despectiva alusión a la supuesta cojera del Maestro.

Todo ello, al parecer, procede de una errónea interpretación de la imagen que contiene la Sábana Santa de Turín. En ella, una de las piernas es más corta que la otra. Pero no se debe a cojera alguna, sino al hecho de que, al ser crucificado, una pierna quedó flexionada. Cuando fue enterrado, posiblemente a causa del rígor mortis, dicha pierna quedó flexionada y la imagen final provocó la referida confusión.

47

¿A qué edad murió Jesús? ¿Tenía treinta y tres años, como dicen?

Patrocinio Mesas Ojanguren

No, estimada amiga. El Galileo no murió a los treinta y tres años. Jesús fue crucificado un viernes, 7 de abril del año 30 de nuestra Era. Es decir, ese año 30 habría cumplido los treinta y seis. Murió, por tanto, con treinta y cinco años. El error procede del evangelio de Lucas (3,23), cuando afirma que Jesús, al iniciar su vida de predicación, podía tener «unos treinta años». Según mis «fuentes», el bautismo del Maestro por Juan tuvo lugar en enero del año 26, cuando Jesús contaba treinta y dos años de edad. Su período de vida pública, por tanto, fue de cuatro años.

La tradición tomó como segura la edad señalada por Lucas (unos treinta años), considerando igualmente que la vida pública fue de tres. De ahí la edad de treinta y tres años que hoy se maneja para su muerte. Una edad equivocada...

48

¿Cómo era su mirada?

FRANCISCO VARELA

Difícil pregunta...

A pesar de «verlo» cada día, aunque me acompaña a cada instante, no tengo palabras...

Limpia y cristalina. Todo un amanecer para quien la contempla...

Directa y poderosa como un disparo en el corazón...

Acariciante y benévola. La mirada de un Dios...

Dulce y amorosa como un beso...

Limpia, directa y acariciante. Única...

Si usted mira en su interior la reconocerá de inmediato.

49

¿Cuál cree que era la palabra favorita de Jesús?

María Isabel Peña Castilla

Sobre esto no tengo la menor duda: Ab-bā.

Probablemente fue la que más repitió. Ab-bā: «Papá», dirigida a Dios.

La más exacta definición del buen Dios. Más que Padre, Papá...

Todo un escándalo para los judíos, que ni siquiera podían pronunciar el nombre de Yavé...

Toda una revolución.

50

Cuando no predicaba, ¿cómo era su vida cotidiana? ¿Quién lavaba su ropa? ¿Cocinaba? ¿Barría la casa? ¿Tenía tiempo libre?

ÁNGELA SERRAS

Para responder a estas interesantes preguntas, estimada amiga, necesitaría un libro entero... De hecho, en los *Caballo de Troya* hay decenas de páginas dedicadas a estas cuestiones.

En síntesis, tanto en la vida pública como en los períodos en los que no predicó, el Maestro se ocupó, personalmente, de lo que hoy conocemos como «labores domésticas». Era raro que delegara. Cuando no se encontraba de «gira», sencillamente, trabajaba. La mayor parte de las veces en los astilleros de los Zebedeo, a orillas del lago Tiberíades. Se destacó como un hábil constructor de barcos.

¿Quién lavaba su ropa? Él mismo.

Y Él mismo cocinaba.

Él atendía las labores de la casa. Él barría. Él cuidaba del pequeño huerto. Él quitaba el polvo de los escasos muebles. Él pintaba o reparaba lo que fuera necesario. Y siempre cantando...

En sus ratos libres tenía dos aficiones favoritas: conversar y pasear.

51

¿Cuál era su comida favorita?

DAVID ROUSSELOT

Tengo entendido que los postres de su madre. Y, en especial, unas pasas sin grano. Las llamaban «pasas de Corinto».

En realidad, Jesús de Nazaret comía de todo, excepción hecha del cordero durante la fiesta judía de la Pascua. Siendo un adolescente se negó a comerlo como protesta por el salvaje espectáculo del sacrificio de animales en el Templo de Jerusalén.

Y olvidaba las tortillas. Eran otra de sus debilidades...

P.D.: Lo que hoy conocemos como «tortilla francesa» ya había sido «inventado» en los tiempos de Jesús. Al parecer se le ocurrió a un «español»...

52

¿Era Jesús vegetariano?

María Calero

En absoluto.

Aunque la carne era cara, Jesús y el resto del pueblo judío solían incluirla en su dieta, al menos una vez por semana. Lo habitual era consumir carne de oveja, de res o de caza. El cerdo estaba terminantemente prohibido por la Ley. Generalmente la guisaban o asaban. La cocina judía era muy rica en este sentido. ¿Sabía usted que existían más de cincuenta recetas de empanadillas y pasteles de carne?

53

¿Sabe usted si Jesús se reía?

PABLO FRANCISCO DEL COSO

¡Y de qué forma, querido amigo!

El Maestro tenía un enorme sentido del humor.

Y le diré algo: ¿conoce usted alguna pintura o escultura en la que Jesús aparezca muerto de risa? Yo tampoco. Y es una pena. A decir verdad, dado su carácter, es más que probable que el Galileo pasara más de la mitad de su vida... riéndose. Espero que los pintores tomen buena nota...

La imagen que nos ha ofrecido la Historia —un Jesús de Nazaret siempre serio y severo— es incompleta.

¿No es hora ya de bajarlo de las alturas y sacarlo de la oscuridad de los templos? Si de mí dependiera, colocaría las estatuas del Maestro en las puertas de las iglesias, con los brazos abiertos y la mejor de sus sonrisas...

54

¿Contaba chistes?

FERNANDO JOSÉ FLAIN

Los judíos tenían una especial fama por su picardía y agudeza mental. Los chistes eran constantes. Hay una extensa relación al respecto. No tengo la menor duda, por tanto, de que el Maestro participaba de esta afición nacional.

Y creo que iba más allá. Estoy convencido de que Jesús era muy hábil a la hora de «bautizar» a sus amigos con un apodo. Ejemplo: al voluble e inseguro Pedro le colocó el «alias» de *Piedra*, precisamente para reflejar su debilidad de carácter.

55

¿Por qué bebía? Y otra duda: de haber existido el tabaco en aquel tiempo, ¿habría fumado?

CHRIS SICOLO

Jesús se integró plenamente en las costumbres de su época. ¿Por qué no iba a beber? Él nunca hizo distinciones. Hablaba y comía con judíos y «pecadores» (paganos). Era el Dios de todos los seres humanos. Y le diré más: si la bebida hubiera estado prohibida entre los judíos, Jesús de Nazaret se habría saltado la norma, en beneficio de los no judíos. Lo hizo muchas veces con el sagrado sábado.

Quizá con el tabaco hubiera hecho otro tanto...

Como Él decía, lo importante no era el «exterior, sino el interior». Lo vital no son las formas, sino el contenido...

56

¿Tenía Jesús una estrella favorita?

IRANA BADILLA

No lo creo. Todo cuanto contemplaba en aquellas espectaculares noches en Palestina era «suyo».

En otro sentido, su único «norte», su única «estrella», era hacer la voluntad de Ab-bā, su Padre. Algo que intentó transmitir a los hombres. El gran secreto para VIVIR: «Que mi voluntad sea siempre la tuya...»

57

¿Tuvo Jesús algún perro? En tus
libros hablas de uno llamado *Zal*...

Beatriz Cubillán

Según mis «fuentes», el Maestro fue un gran amante de la naturaleza y de los animales. Y ya desde niño disfrutó con las ocas y los perros. No me cuesta trabajo imaginarlo con uno o con varios perros. *Zal*, en efecto, pudo ser uno de ellos. *Zal*, al parecer, fue un regalo de Yu, el carpintero jefe del astillero de Nahum. *Zal* fue el nombre de un héroe persa. Por cierto, así se llamaba uno de mis pastores alemanes.

58

¿Sabía montar a caballo?

CONCEPCIÓN AGUIRREBEÑA

Estoy seguro. En los viajes era el único medio de transporte. Tanto el caballo como la mula, los enormes onagros o el camello. Y dado su especial espíritu deportivo supongo que disfrutaría lo suyo...

59

¿Dormía desnudo? ¿Usaba Jesús pijama?

RAFAEL DE LOS SANTOS BLANDON

No, amigo, el pijama, tal y como lo entendemos en la actualidad, no se usaba en aquella época. Jesús de Nazaret, al igual que el resto de los judíos, dormía vestido o casi desnudo, dependiendo de las circunstancias. En especial de la climatología.

Lo habitual era desnudarse, y permanecer, únicamente, con el *saq*, una especie de taparrabo. Podían cubrirse con mantas, edredones o con el *talith*, el manto. En los viajes, esto último era lo más corriente. El manto, sobre todo para la gente sencilla, tenía una importancia capital. Se usaba, incluso, como almohada. La Ley establecía que, en caso de embargo, el *talith* debía ser devuelto al propietario al caer la tarde. Por la mañana, el acreedor lo recuperaba de nuevo.

60

¿Por qué se encarnó? No comprendo lo de la redención. ¿Qué culpa tenemos nosotros, o nuestros hijos, en el pecado de Adán?

AMPARO LLORENTE

Cuanto más investigo y reflexiono, más seguro estoy de algo: el Maestro no se encarnó para redimirnos de nuestros pecados. Lo hizo por otras razones..., mucho más importantes

En primer lugar, porque quiso conocer —«de cerca»— la naturaleza, la forma de vida y el pensamiento de las criaturas humanas, las más humildes de su Reino. Al parecer, era una exigencia, una «ley» divina. Sólo así podía alcanzar el pleno gobierno de su creación y el definitivo reconocimiento del Padre. Es un misterio, lo sé. ¿Por qué un Dios-Creador tenía que «conocer de cerca» a sus propias criaturas? Un misterio que acepto...

Y se encarnó también por una segunda y no menos importante razón: transmitir al mundo que Dios, el buen Padre, no es un juez castigador. Y añadió: «Todos somos inmortales, todos somos hijos de ese Ab-bā benéfico y amoroso. Todos, por tanto, somos hermanos.»

¿El pecado original? Eso fue otro «invento» de las iglesias. Los humanos hemos sido víctimas del error de Adán y Eva. Algo muy diferente a lo que pretenden las religiones. ¿O es que puede usted culpar a sus hijos y nietos de sus propios fallos?

61

¿Cómo puede negar el pecado?
Usted es Satanás...

BERNARDINO ASCONDO

Puedo garantizarle que no soy Satanás, aunque siento cierta debilidad por él y por todos los personajes malditos...

Y me reafirmo en lo del pecado. Ninguna criatura humana —aunque lo intente— está capacitada para ofender a Dios. En todo caso, con su comportamiento negativo, se ofende a sí mismo o lastima a los demás.

Para injuriar al buen Padre, estimado amigo, deberíamos estar a su altura. Y nos queda mucho camino. También se lo garantizo...

El pecado —tal y como lo interpretan las religiones— ha sido, y es, una diabólica forma de aterrorizar a los seguidores de esas iglesias y, sobre todo, una argucia para mantenerlos sujetos a sus voluntades.

No hay que ser honesto por miedo al supuesto castigo divino, sino por sentido común.

62

Y digo yo: si Jesús ya sabía lo que ocurriría, ¿por qué vino?

ÁNGELES SAPIÑA VILAPLANA

Lo supo al cumplir los treinta y un años, que es muy distinto...

En esos momentos, en el famoso retiro en el Hermón, Él pudo haberse «despedido» del mundo. Ya había cumplido el más importante objetivo de su encarnación: hacerse una criatura humana y conocernos «de cerca». Pero no lo hizo. No abandonó la Tierra. Y a pesar de conocer el final se puso en las manos del Padre, cumpliendo su voluntad: mostrando al mundo la otra cara de Dios.

Sabía lo que iba a suceder, sí, y, sin embargo, se entregó. Eso sólo puede hacerlo un Hombre excepcional...

63

¿Era necesario un final tan terro-
rífico? ¿Pudo evitarlo?

Isabel Carmona Casero

Naturalmente que pudo haberlo evitado. Era y es uno de los grandes Hijos de Dios.

¿Por qué eligió una muerte tan horrible? Probablemente, antes de su encarnación, todo fue «programado» minuciosamente. Y obedeció a unos «objetivos» muy claros: ser «uno más» en la humillación y en el sufrimiento. A partir de esos momentos, ninguna de sus criaturas terrenales puede echarle en cara no haber «vivido» la más extrema de las tragedias. Una muerte terrorífica..., para una resurrección fulgurante y esperanzadora.

Lo dicho: todo atado y bien atado...

64

¿Qué sucedió exactamente en la resurrección de Cristo?

ALEX MEDIAVILLA RUIZ

Nadie lo sabe...

En mi opinión, sin embargo, los cristianos han cometido un error al asociar el formidable suceso de la resurrección con la desaparición del cadáver del Maestro. Y me explico: la resurrección propiamente dicha nada tiene que ver con la «desintegración» (?) del cuerpo ni con las posteriores apariciones del Jesús resucitado. Posiblemente, casi seguro, fue un acontecimiento de naturaleza espiritual, que afectó básicamente a su alma inmortal (?). Algo que sucede con todos los mortales.

La desaparición del cuerpo fue otra «historia». No creo que Jesús de Nazaret llegara a intervenir en ello. Fueron sus «ángeles» —por simplificar— los que, por respeto, decidieron «abreviar» el proceso natural de descomposición de los restos mortales. Por eso la tumba se hallaba vacía...

65

¿Qué pensaba Jesús de la muerte?

JUAN DAVID DE ALUES

Muy simple: sólo es un paso necesario, un mecanismo natural, una especie de «ascensor» para «desembarcar» en otro lugar.

Se cansó de repetirlo: no hay que temer. Sólo confiar.

Y para demostrarlo se «presentó» después de muerto. Y lo hizo, al menos, en diecinueve ocasiones. Sí, muchas más de las que registran los Evangelios...

Y dígame: ¿cree usted que esas «presencias» fueron gratuitas? ¿Por qué lo hizo? Justamente para dejar muy claro que, tras el dulce sueño de la muerte, hay VIDA. La verdadera VIDA.

66

¿Veré a Jesús cuando pase al «otro lado»?

José Gerardo Zubiría

Si se refiere a estrechar su mano, o abrazarle físicamente, lo dudo...

Él se encuentra «más arriba», en un lugar al que
todos llegaremos..., en su momento. Un «lugar» de
paso. No olvide —Él lo dijo— que nuestro verdadero
destino es el Padre, el Paraíso...

Al «otro lado», como usted afirma acertadamente,
lo SENTIRÁ como jamás haya imaginado. Y le aseguro
que «sentir» es infinitamente más gratificante que
«ver»...

67

¿Por qué la iglesia católica parece haberse «olvidado» del Dios-Padre? Hoy todo gira en torno a Jesús...

MACARENA VILA

Querida amiga: tu iglesia ha «olvidado» muchas cosas...

Ahora, en efecto, le ha tocado a Ab-bā. Pero no te preocupes. Si los cristianos, en verdad, se centran en Jesús de Nazaret, tarde o temprano, «descubrirán» de nuevo al Gran Jefe. El Maestro, en definitiva, sólo es un «atajo» hacia el Padre. Los árboles, con perdón, no nos dejan ver el bosque.

Lo sé por experiencia: cuanto más admiro y quiero a Jesús de Nazaret, más clara aparece en mi mente y en mi corazón la imagen del «Abuelo»... Es más: en ocasiones me sorprendo a mí mismo conversando con Ab-bā. Y me pregunto: ¿he olvidado a Jesús? No, es que, justamente, ése es el proceso...

68

¿Por qué Jesús no se encarnó en América o en Suecia?

LOURDES MARÍA MENDICUTTI

Como usted comprenderá, mi información no llega a tanto...

Imagino que, a la hora de «planificar» algo tan importante como su encarnación en los mundos del tiempo y del espacio, Jesús de Nazaret y su «gente» llevaron a cabo una exhaustiva evaluación de todos los detalles. Y no cabe duda de que «eligieron» sabiamente. Palestina, en aquel momento, se hallaba ubicada en el corazón del mundo económico y cultural: el Mediterráneo. Entiendo que América, Suecia, Japón o Sudáfrica aparecían entonces muy «descolgados». No hubiera sido eficaz.

P.D.: Los mormones aseguran que Jesús se «presentó» en América...

69

¿Piensa usted que Jesús creía en
la casualidad?

ADELA ALBA TORRENTE

Estoy convencido de que no...

El hombre utiliza esa palabra para justificar lo que no comprende. Eso no significa que no exista un orden meticuloso y benéfico. Un orden invisible a nuestros ojos y que, como digo, escapa a nuestra comprensión.

Él era un Dios. Conocía ese «orden» mejor que nadie. Y lo insinuó en más de una ocasión: «Los pájaros del cielo no siembran, ni recogen y, sin embargo, Abbā los alimenta...»

Algún día, los seres humanos tendrán que retirar la palabra «casualidad» de los diccionarios. Y lo harán con vergüenza...

70

Si Jesús hubiera nacido hoy, ¿qué habría sido: cristiano, budista, judío o musulmán?

RICARDO JOSÉ GUZMÁN

Jesús de Nazaret fue el Hombre más religioso que he conocido. Pero practicaba una «religión» que está por llegar: hacer la voluntad de Ab-bā. Ponerse en las manos del Padre a cada instante.

Él sólo pensaba en el presente. El mañana existe únicamente en el corazón de Ab-bā.

71

Usted ha dicho que las iglesias han enterrado el mensaje de Jesús. ¿Cuál fue exactamente ese mensaje?

LUIS ADOLFO GUERRIERI

Lo he repetido un millón de veces. Él dijo: Dios no es un fiscal. Dios no lleva las cuentas. Dios no castiga. Dios nos «imagina» y aparecemos. Dios nos crea inmortales.

Éste sí es un Dios...

Y Él dijo también: Si todos somos hijos de Ab-bā..., los hombres son FÍSICAMENTE hermanos.

Fin del mensaje.

72

¿Por qué los judíos no han acepta-
do a Jesús?

JESÚS SANCHO

Él lo dijo: No hay profeta en su tierra...

El pueblo judío sigue anclado en Yavé, sin comprender que Yavé fue «modificado» por Jesús de Nazaret.

El pueblo judío sigue «anclado» en Yavé, sin comprender que Yavé sólo fue la preparación para la encarnación del Hijo del Hombre.

El pueblo judío sigue «anclado» en Yavé, sin comprender que Yavé los «abandonó» hace dos mil años.

El pueblo judío sigue «anclado» en las «guerras de Yavé», sin comprender que Yavé no es la guerra.

El pueblo judío sigue «anclado» en el «sueño de Yavé», sin comprender que Yavé sólo fue un sueño.

73

¿Considera que Jesús se sentía
judío o pagano?

Rocío del Mar Cabrera

Jesús de Nazaret, estimada amiga, amaba a su pueblo. Era judío. Pero, por encima de todo, se sentía Hombre.

Jesús no fue un nacionalista, si es que se refiere a eso. Jamás participó en política. Jamás se distinguió por sus preferencias sociales, económicas o culturales. Vivió con los marginados y comió también con los ricos y poderosos.

Recuerde su célebre frase: «Dad al César lo que es del César, y a Dios lo que es de Dios.» Y añado de mi cosecha: «Y a mí (a Jesús de Nazaret) lo que es mío.»

74

¿Qué hubiera opinado Jesús de la teología de la liberación?

ARMANDO LÓPEZ LANDALUCE
(JESUITA)

Jesús de Nazaret fue el Hombre más respetuoso del mundo. Aun teniendo la verdad, jamás la impuso. Jesús de Nazaret supo de los zelotas, la secta armada y radical que peleaba, entre otras cosas, por la liberación de los oprimidos. Pero jamás se hizo zelota.

La verdad, en definitiva, no precisa de armas ni de violencia. La verdad no necesita la «percha» de la política.

Jesús de Nazaret defendió a los pobres y desamparados, sí, pero con la teología del amor...

He ahí la gran carencia de las iglesias y de casi todos los movimientos religiosos: el amor.

75

¿Fue Jesús un revolucionario fracasado?

Luis Álvarez del Pino

Un revolucionario, sí. Fracasado, no.

Pero no un revolucionado político. Ésa fue la idea de María, su madre, y la de muchos de sus discípulos. Sólo después de la crucifixión empezaron a entender...

¿Fracasado?

¿Qué líder se mantiene tan vivo después de dos mil años? ¿Qué revolucionario ha logrado lo que Él?

Estimado amigo: los Dioses no fracasan jamás...

76

He leído y escuchado que Jesús se casó con la Magdalena y que tuvo hijas. ¿Fue cierto?

Rafael Alcaraz

Eso, querido Rafa, es una falsedad que roza la calumnia...

Jesús de Nazaret no se casó. No tuvo hijos. Y no porque no hubiera podido, sino porque era una de las sagradas «prohibiciones» de su encarnación. No debía dejar escritos y tampoco descendencia.

¿Imaginas el peligro potencial que hubieran encerrado unos hijos y unos descendientes directos del Maestro?

¿Imaginas las polémicas, divisiones y guerras que habrían engendrado unos textos de su puño y letra?

Si hoy, sin hijos y sin escritos, la cristiandad continúa peleando por esta o aquella interpretación de su doctrina, ¿qué habría sucedido de haber contado con su palabra escrita, con sucesores directos e, incluso, con los restos de su cadáver?

77

¿Cuál fue su trato con las mujeres?

BLANCA ZORRILLA CARRANZA

En una sociedad —la judía— en la que la mujer era un ciudadano de «segunda», el Maestro se distinguió, justamente, por no hacer distinciones.

También en esto fue un «revolucionario». No sólo admitió a mujeres entre sus colaboradores más cercanos —algunas, al contrario que los hombres, lo acompañaron hasta la cruz—, sino que les concedió los mismos derechos que a los varones. En una de las apariciones después de muerto —intencionadamente ignorada por los evangelistas—, el Resucitado se presentó en medio de un nutrido grupo de hebreas y les recordó que debían transmitir la buena nueva, de la misma manera que los hombres. Evidentemente, esto no fue así...

Sujetos como estaban a las leyes y costumbres mosaicas, Pedro y sus muchachos «olvidaron» esta disposición de Jesús, relegando a las mujeres. Y la iglesia católica no ha hecho nada por corregir la situación...

78

¿Por qué Jesús escogió a los apóstoles, si sabía que, a la larga, su
Evangelio sería malinterpretado?

Daniel Lecuona Rodríguez

A larga no, amigo, a la corta...

Nada más morir y resucitar, parte del colegio apostólico manipuló ya el mensaje central del Maestro. Quedaron deslumbrados por el hecho físico de la resurrección y eso fue lo que predicaron, lo que desembocó en una religión «a propósito de la figura de Jesús». Y el gran mensaje —«todos somos hijos de un Dios y, en consecuencia, físicamente hermanos»— quedó sepultado. Esto no «vendía». Ni judíos ni paganos aceptaban la igualdad entre los hombres. Sí admitían, en cambio, la posibilidad de que un Hombre hubiera resucitado de entre los muertos y de que fuera un enviado de Dios. Y surgió, como digo, lo que todos conocemos: una religión y una iglesia centradas en la figura del Maestro.

En cuanto a lo de la elección, supongo que era inevitable. Él sabía que somos imperfectos...

Pero su mensaje —aunque enterrado— no ha muerto. Y algún día terminará instalándose en el mundo.

79

No comprendo las palabras de Juan. ¿Por qué se autoproclama «el discípulo amado de Jesús»? ¿Por qué el Maestro parecía sentir predilección por Pedro, Juan y Santiago? ¿Y qué pasaba con el resto?

María Edith Astete

Ésa fue una lamentable definición de Juan, el evangelista...

Jesús de Nazaret jamás hizo distinciones. Amaba a toda su gente por igual. No hubiera podido ser de otra forma...

Respecto a lo del famoso «trío», la explicación, una vez más, está en la deficiente narración de los evangelistas. Jesús no eligió a Pedro, y a los hermanos Zebedeo, para que estuvieran más cerca de Él porque sintiera una mayor afinidad o afecto hacia ellos. En realidad, Él no tuvo nada que ver en dicha selección. Fueron los propios apóstoles quienes, al principio, y por votación, señalaron a estos tres para que formaran una especie de «último cinturón de seguridad» en torno al Galileo. Pedro, Juan y Santiago se convirtieron así en la «escolta íntima» del Señor. Ésa fue la realidad... Como ve, la falta de información conduce siempre al error.

80

¿Por qué insiste, por qué repite que los evangelistas eran unos pésimos periodistas?

VÍCTOR JESÚS ABALGAR

Sencillamente, porque ocultaron información. Porque distorsionaron los hechos. Porque no supieron indagar...

Puedo ofrecerle decenas de ejemplos.

Y comprendo que, quizá, no era su papel. Entiendo que su objetivo fundamental fue el mensaje y la filosofía del Galileo. Pero tampoco acertaron en eso...

Sinceramente, jamás he visto un texto tan influyente y, al mismo tiempo, tan manipulado y lleno de errores (en especial por omisión).

Digámoslo con claridad: ¿son los Evangelios la palabra de Dios?

No lo creo. Dios no comete errores.

81

¿Cómo rezaba Jesús? ¿Utilizaba
las oraciones tradicionales judías?

Rebeca Wilkner

En público solía ajustarse a las fórmulas estableci-das. Por ejemplo, cantó y recitó muchas veces el *Oye Israel*, una de las oraciones obligadas cada día. Y ha-cía otro tanto con las Sagradas Escrituras. Eso era lo establecido en las sinagogas. Pero, a nivel privado, sus plegarias eran muy diferentes. Lo demostró a sus quince años, al crear el Padrenuestro...

El Maestro, al dirigirse a Dios, lo hacía como un hijo con su querido «papá». Lo tuteaba. Le hablaba de sus proyectos, de su vida cotidiana, de su gente...

Y enseñó algo vital: a no pedir cosas o necesidades materiales. Eso es innecesario. Ab-bā «sabe» antes de que acertemos a abrir los labios.

Enseñó algo mucho más importante: a confiar en el amor del Padre y a solicitar «respuestas». Sobre todo «información»...

82

¿Fundó Jesús la iglesia?

Marina Nikoo

Jesús de Nazaret no fundó ninguna iglesia. Así de claro.

En aquella célebre estancia en Cesarea de Filipo, el Maestro no habló de iglesia alguna. La frase que, en definitiva, parece justificar la existencia de la iglesia católica —«Tú eres Pedro y sobre esta roca edificaré mi iglesia»— es otra interesada manipulación de los evangelistas. Jesús de Nazaret dijo otra cosa. Y jamás se refirió a Pedro, sino a la totalidad de los discípulos. El Galileo, hablando de su gran mensaje, de la realidad espiritual del Reino, aseguró: «Sobre esta roca espiritual construiré el templo viviente de la gran fraternidad humana...»

El Maestro sabía muy bien que todas las religiones autoritarias terminan fosilizándose. ¿Por qué iba a crear otra organización de esa naturaleza? Él defendía y proclamaba una religión muy distinta: la del espíritu. Una religión que no precisa de templos, jerarquías ni dogmas. Una religión que se lleva en el corazón. Una religión que, sencillamente, busca a Dios. Más que una religión, una aventura personal y una audaz y generosa entrega a la voluntad de Ab-bā. El único camino que terminará uniendo a los hombres...

83

¿Qué opina el Papa sobre el Jesús
de los *Caballo de Troya*?

DEBORAH RETAMAL

Sinceramente, no creo que los haya leído. Y aunque lo hiciera, nada cambiaría...

El Papa pertenece a una de esas religiones que Jesús aborrecía.

El Maestro no vino a este mundo a crear un sistema como el católico. Él no buscaba el poder, ni el sometimiento de las voluntades o de la inteligencia. Él jamás hizo política. Nunca replicó al mal con el mal. Él no prohibía. No separaba...

Por eso he dicho muchas veces —y lo mantengo— que el Dios del Papa no es el Dios de Jesús de Nazaret.

84

De regresar, tal y como prometió,
¿sería recibido Jesús en el Vaticano?

Eduardo Blackman

Excelente pregunta, estimado amigo...

El problema es que, cuando vuelva, no lo hará de «paisano». Y supongo que, para entonces, las iglesias, tal y como las entendemos en la actualidad, habrán desaparecido o cambiado sustancialmente. En otras palabras: no necesitará entrar en el Vaticano porque el Vaticano sólo será historia...

Y suponiendo que el Maestro llegara a aparecer en estos momentos, francamente, dudo que fuera recibido por la multinacional del Vaticano...

Y le diré más: si eso ocurriera, volvería a repetirse la escena de Caifás, rasgándose las vestiduras sacerdotales...

85

¿De verdad cree que existió el Jesús Histórico?

PEYMAN MOURA

No es que lo crea: es que existió. Al margen de las fuentes cristianas —importantísimas—, hay otras totalmente «imparciales». Supongo que conoce al historiador romano Tácito (principios del siglo II). En sus *Anales* (15,44), al escribir sobre la primera persecución de los cristianos por Nerón (año 64 d. J.C.), explica quiénes son los cristianos y quién fue Cristo. Y puedo asegurarle que Tácito no era seguidor del Maestro...

También encontrará referencias al Maestro en la *Vida de Claudio*, de Suetonio (siglo II); en una carta del gobernador de Asia Menor, Plinio el Joven, al emperador Trajano (año 110 d. J.C.) y en las *Antigüedades judías*, del historiador judío romanizado Flavio Josefo (año 90 d. J.C.), aunque esta última mención del Galileo se encuentra sujeta a una fuerte polémica.

86

Nunca entendí por qué Jesús no ayudó a Juan el Bautista, su primo...

PABLO ENRIQUE BANDRICH

«Todo estaba escrito»...

Lo que los evangelistas no cuentan es que Juan tenía un sólido grupo de discípulos y, después de muerto el Bautista, estos seguidores polemizaron y se enfrentaron con los del Maestro. ¿Qué hubiera ocurrido si Juan no llega a ser decapitado por Herodes Antipas? Quizá la situación se habría complicado mucho más...

En mi opinión, la ejecución de su primo lejano fue necesaria. Por eso, probablemente, sabiendo lo que podía acontecer, el Galileo no movió un dedo. Una circunstancia —dicho sea de paso— que nunca fue comprendida por Judas, entonces discípulo de Juan el Bautista. Y ahí, justamente, arrancaron sus problemas con Jesús de Nazaret.

87

Dicen que Jesús fue tentado por el diablo. ¿Se trata de otra leyenda?

JESÚS TORRES GIL

Se trata de otra confusión de los evangelistas. Y van...

Jesús de Nazaret jamás fue tentado por Luzbel, ni por ninguno de sus «satélites». En el retiro en el Hermón, en el trascendental «reencuentro» con su naturaleza divina, varios «representantes» del «ángel caído» se manifestaron ante el Maestro, interrogándole sobre su verdadera identidad. Ésa, en síntesis, fue la historia. Pero los evangelistas confundieron fechas, escenarios y asunto. Como espero narrar en los *Caballo de Troya*, tras el bautismo, el Galileo se retiró a las colinas de Pella y allí, durante cuarenta días, reflexionó sobre lo que iban a ser su ministerio y vida públicos.

Que yo sepa, en esos cuarenta días en el «desierto» (no hubo tal desierto), nadie lo tentó. Lo que sucedió en dicho lugar fue infinitamente más importante...

88

¿Se habrá condenado Judas?

Ciro de Dios Cuenca

Nadie se condena, querido amigo...

El infierno es una calumnia levantada contra el Dios de amor. A las iglesias les ha venido de perlas para atemorizar y controlar.

Si el infierno existiera, el buen Padre sólo sería un «diosecillo».

Judas, simplemente, cumplió su papel. Como insinúo en *Al fin libre*, aquí, en este mundo, todos somos «voluntarios». Todos elegimos y «firmamos» antes de «aparecer»...

Otra cuestión es que el Maestro, en aquel tiempo, no considerara oportuno dar más explicaciones...

¡Somos inmortales y destinados a la luz!

89

¿Por qué hablaba en parábolas?
¿Por qué no utilizó un lenguaje
más directo?

SUSANA CORTÉS

Compréndalo, amiga, no habría sido lógico, ni eficaz...

Aun así, sus palabras clave, su mensaje, fueron, y son, nítidas y transparentes.

¿Quién no entiende que Ab-bā es en realidad un Padre? Y que no tiene nada que ver con el Dios justiciero y vengativo de la Biblia...

¿Quién no entiende que todos —todos— somos hijos de ese Dios? Y, en consecuencia, inmortales por naturaleza...

¿Quién no entiende que, si eso es así, los humanos son FÍSICAMENTE hermanos?

Pudo decirlo más alto, sí, pero no más claro.

90

¿Por qué Jesús eligió el título de «Hijo del Hombre»?

MARIBEL CARRIÓN

Según mis «fuentes», el Maestro no escogió dicho título del libro de Daniel (7,13), como dicen, sino de otro texto, al parecer apócrifo: el *Libro de Enoc*.

En esa obra, el autor —dudo que se tratara del célebre Enoc— explica cómo un «Hijo de Hombre» aparecería en la Tierra, para llevar a cabo una misión espiritual y luminosa... Y dice también que, antes de su encarnación, ese personaje había conocido la gloria del Padre. Y que renunció a ella, en beneficio de los hombres...

Esto, al parecer, fue lo que impresionó al joven Jesús cuando lo leyó. Un hecho que sucedió mucho antes del «reencuentro» con su naturaleza divina, a los treinta y un años.

El Maestro comprendió igualmente que la profecía de Daniel, sobre la llegada del Mesías judío, no iba con Él. De hecho, Jesús de Nazaret jamás se consideró el Mesías, tal y como lo interpretaba el pueblo judío. Es decir, un Mesías libertador. Un Mesías político y conductor de ejércitos.

91

¿Pudo Jesús curar algún síndrome de Down?

PEDRO POLINYÁ

Obviamente, no hay constancia de un prodigio seme-jante...

Pero le diré lo que pienso. Si fue capaz de resuci-tar a Lázaro, si devolvía la vista, si conseguía «equili-brar» la esquizofrenia y los diferentes tipos de epilep-sia, si terminó con la parálisis, ¿por qué dudar que pudiera modificar la carga genética de una criatura «mongólica»?

En aquel tiempo, el autismo, el síndrome de Down o la parálisis cerebral eran patologías tan frecuentes como en la actualidad. Lo que ocurre es que no reci-bían estos nombres, ni tampoco el tratamiento ade-cuado.

Jesús de Nazaret, querido amigo, era un Dios...

92

¿Usted cree en lo que escribe?
¿Cómo podría convencerme?

RUBÉN SOCORRO RODRÍGUEZ

Siempre escribo con un mínimo de convencimiento y un máximo de información. Y si no estoy seguro, procuro decirlo abiertamente.

Pueden acusarme de mil errores o de haber sido engañado, pero nunca de mentir...

Y en este caso, cuando se trata de mi admirado y querido Jesús de Nazaret, con más razón.

Pero no espere que intente convencerlo. No es ésa mi intención. Hace mucho tiempo que no «vendo» nada. Investigo y reflexiono, sí, pero no impongo ni pontifico. Yo no tengo la verdad. Me limito a sugerir y afirmar desde el corazón. Pero —¡atención!— puedo estar equivocado...

93

Al leer los *Caballo de Troya*, ¿a quién hago caso: al corazón o al cerebro?

Esther Méndez Bello

Siempre al corazón, siempre a la intuición. Ésa jamás traiciona, ni se equivoca...

La razón, en cambio, es «miope». No ve más allá de la nariz. No sabe de la profundidad del espíritu. Nunca aprenderá a volar...

En los *Caballo de Troya* hay mucha menos ficción de lo que supone...

Algún día, si Él lo quiere, cuando este pobre mensajero tome el «ascensor» de la muerte, quizá desvele la «gran fuente» en la que he bebido...

Quizá...

94

Pienso que Jesús lo hizo fatal. El mundo no levanta cabeza. ¿En qué fracasó?

SAMUEL WHITING

¿De verdad cree que fracasó? ¿Porque fue crucificado?

Si realmente hubiera fracasado, usted no estaría planteando esta pregunta, ni yo respondiéndole. Sencillamente, usted y yo no sabríamos de Él.

No le culpe de nuestros propios errores. Él nos dio la solución. Ahora es cuestión de ponerla en práctica. ¿Podemos llamar a eso «fracasar»?

En cuanto a lo del mundo, tampoco estoy de acuerdo. Repase la Historia y dígame: ¿en algún momento estuvimos mejor?

No se alarme ni atormente. La civilización humana es muy joven. Dele tiempo. Estamos experimentando los lógicos problemas de toda criatura en desarrollo. Ya madurará. Aunque le cueste creerlo, también nuestro mundo está destinado a la «luz».

Se lo aseguro: el futuro es espléndido.

Él «bebé» —la Humanidad— está apenas gateando. Es lógico que se lastime y que no comprenda. Pero un día, al fin, se pondrá en pie...

95

Y ahora, ¿dónde está Jesús?

Luz del Sur Nunge

Él lo dijo: en su Reino..., en su Universo. Con su auténtica forma: pura «luz».

Un Reino que deberemos cruzar, paso a paso, después del dulce sueño de la muerte. Un Reino que usted «ve» todos los días. Un Reino mucho más cercano —físicamente— de lo que imagina. Un Reino del que es Creador. Un Reino como otros muchos...

Y he dicho bien: que deberemos «cruzar»... Porque ése, querida Luz del Sur, no es el destino final. Hay otros Reinos, otros Universos, que también nos aguardan. Y al final, el definitivo encuentro con Ab-bā...

Sí, la más prodigiosa y gratificante «aventura» con la que pueda soñar una criatura mortal.

Recuerde: somos inmortales. Partimos un día de la mente divina y a ella retornaremos.

96

¿Por qué no ha vuelto? ¿No es hora ya?

Manuel Alejandro Arava

No se impaciente. Él lo prometió y jamás mentía.

¿De verdad cree que ha llegado ese momento?

Dígame: ¿qué se supone que debemos hacer con un «bebé»? ¿Es bueno presentarle a su futuro marido? ¿De qué serviría? ¿Lo entendería?

Insisto: no se impaciente. Todo a su debido tiempo. Es suficiente con su promesa. El «novio» llegará cuando la «novia» esté dispuesta...

Ahora es necesario que crezca, que descubra y que sueñe...

97

Si Jesús es el Dios, el Creador de un Universo, y nuestro destino final es el gran Padre, ¿quiere esto decir que algún día lo dejaremos atrás? ¿Está insinuando que lo olvidaremos?

MANUEL COLÓN CANIVELL

Ése es el plan...

Él lo dijo: «Nadie llega al Padre, sino a través de mí.» Y añadió: «Yo soy el camino.»

Aparentemente, lo sé, esta posibilidad resulta increíble, casi dolorosa. Pero recuerde: estamos juzgando una realidad divina... con una mente finita y limitada. Nos falta información, una vez más.

¿Olvidar a Jesús de Nazaret?

¿Podría usted olvidar a su padre terrenal?

El hecho de que prosigamos el camino hacia nuestro magnífico Destino, hacia Ab-bā, hacia el Paraíso, no significa que perdamos el «contacto» con Él y, mucho menos, que lo olvidemos.

Pero eso, de momento, no importa. Viva el presente. Vívalo a Él. Descúbralo. Hágase su amigo, su confidente, su «socio»...

98

Pero ¿de verdad existe el Paraíso?
Y una vez allí, ¿qué?

ANDREW CARBONETTI

No le quepa la menor duda...

El Paraíso es un lugar físico, pero no como nos lo han dibujado...

Digamos que viene a ser el centro de todo lo creado (material y espiritual). Una especie de «isla de luz»...

Todo fluye de él y todo retorna a la Gran Casa...

Y una vez allí, cuando usted, al fin, «desembarque» en la Casa del Padre, cuando estreche su mano, usted, y otros muchos como usted, recibirán la penúltima «sorpresa»: Ab-bā pondrá en sus «manos» la creación y dirección de otros Reinos, otros Universos... Otros Universos por crear..., en las zonas increadas.

Usted, finalmente, será también un Dios...

Y la «aventura» continuará...

99

¿Es cierto que Jesús me oye si le hablo? ¿Cómo es posible si está tan lejos? En caso afirmativo, ¿cómo debo dirigirme a Él: de tú o de usted?

MIGUEL JERÓNIMO MANNÉ

Usted, amigo, no sabe, o no ha descubierto todavía, que encierra en su interior un «fragmento», una «chispa», del gran Dios. Todo un «regalo» de Ab-bā. No importa, pues, la distancia. Su comunicación con la divinidad —con el «Abuelo» o con Jesús de Nazaret—, si usted quiere, es instantánea, más rápida que el pensamiento...

Esa conexión no precisa de hilos a parabólicas. Usted habla, pregunta o guarda silencio y Él responde sin interferencias ni demoras. Haga la prueba. Mejor aún: póngale a prueba. Pídale señales físicas, concretas. Y cuanto más difíciles, mejor...

Y si no le importa, háblele de «tú». El «usted» es frío y distanciador. No olvide nunca que está sentado en sus rodillas...

100

¿Por qué dice que Jesús es su «socio»?

Noelia Fargas

He necesitado casi cincuenta años para descubrirlo...

Cincuenta años para arrancarlo de la absurda oscuridad de las iglesias...

Cincuenta años para «ver» su permanente sonrisa...

Cincuenta años para saber que no debo temer...

Cincuenta años para comprender que soy su hijo...

Cincuenta años para destapar en mi corazón su gran regalo: la inmortalidad...

Cincuenta años para entender que estamos juntos en el mismo «negocio»: la aventura de llegar al Padre...

Cincuenta años para hacerme con el gran secreto: que mi voluntad sea la tuya...

Cincuenta años para, al fin, hablarle de «tú»...

Cincuenta años para decidirme a estrechar su mano y decirle: ¡Gracias, «socio»! ¡Gracias, amigo! ¡Gracias, compañero!...

101

¿Por qué a Jesucristo lo llama «Jesús de Nazaret»?

HOMERO GARCÍA CONTRERAS

Muy simple. Cristo, o Jesucristo, suena a lejano, a solemne. Demasiado serio para mí. Por eso utilizo Jesús de Nazaret, un nombre más familiar, más próximo, más amigo. Porque eso es Jesús para mí: un entrañable compañero, un confidente, un hermano mayor, un fiel consejero, mi pareja en el juego de cartas de la existencia y, claro está, mi Dios y Creador. Cristo, además, es sinónimo de «Mesías». Él no fue el libertador político que pretendían los judíos. Fue mucho más...

En Ab-bā, siendo las 12 horas
del 27 de diciembre del año 2000

211

Cinco años más tarde (2005), J. J. Benítez abandonó, oficialmente, la iglesia católica.

Arzobispado de
Pamplona y Tudela
Iruña eta Tuterako
Artzapezpikutza

CERTIFICADO
DE LA RENUNCIA FORMAL DE LA FE CATÓLICA

El que suscribe, D. Aurelio Zuza Velasco, Canciller-Secretario General del Arzobispado de Pamplona,

HACE CONSTAR:

1.- La inscripción en el "Libro de Bautizados" en la Iglesia Católica no significa, por sí sola, la condición actual de ser miembro vivo de la misma. Únicamente indica el hecho histórico de haber sido bautizado en el seno de ella. Este hecho no puede negarse sin faltar a la verdad.

2.- En las personas adultas, ser o no ser miembro vivo de la Iglesia Católica depende de la propia voluntad de cada uno; por lo que, cada cual, con su conducta y criterios, será quien acredite o niegue su pertenencia a la misma.

3.- La Iglesia Católica está siempre dispuesta para acoger, en cualquier momento, a cuantos quieran vivir y morir en su seno, siendo sincero consigo mismo y siguiendo su propia conciencia.

4.- Finalmente, en su caso particular, y puesto que Vd. así lo desea y requiere, por medio del presente,

CERTIFICO:

Que D. JUAN JOSÉ BENÍTEZ LÓPEZ, mayor de edad, vecino de Zahara de los Atunes (Cádiz) y con D.N.I. 15.763.573, compareció ante D. Jesús Leyton Rodríguez, Vicario Judicial de la Diócesis de Cádiz y Ceuta, con fecha 26 de julio de 2005 manifestando su decisión de no ser considerado como miembro de la Iglesia Católica.

Que se hizo constar, de forma fehaciente, como nota marginal en el Acta de su Bautismo.

Y para que así conste, expido el presente en Pamplona, a 4 de noviembre de 2005.

Arzobispado de
Pamplona y Tudela
Iruña eta Tuterako
Artzanezpikutza

Canciller-Secretario General

■ Plaza de Santa María la Real, 1
31001 Pamplona • Iruña
Tel. 948 227 400
Fax 948 210 440

213